專注力挑戰遊戲書！

懷舊香港找找看

Grace Kam 編繪　　Zeny Lam 撰文

目錄

Sun Street
日街

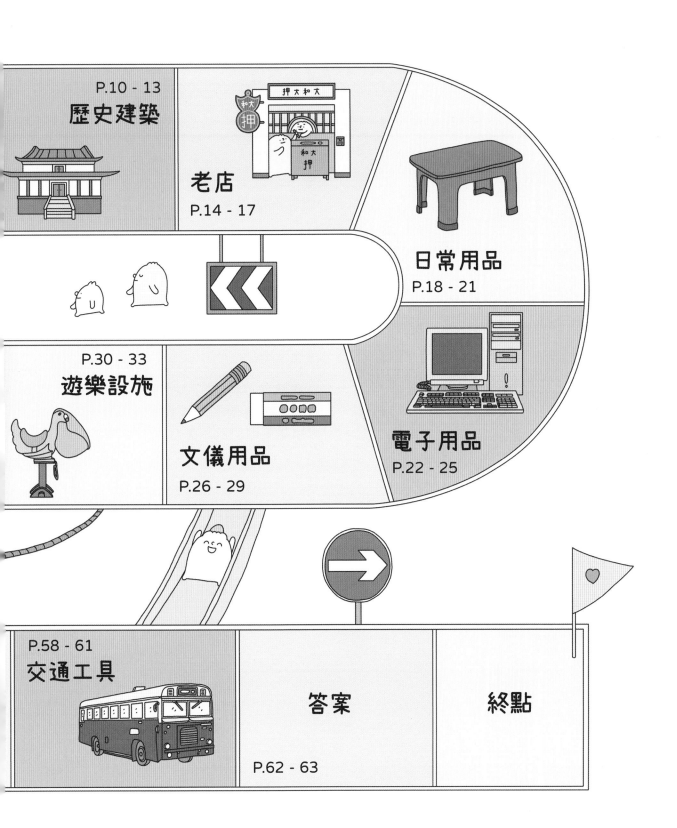

登場人物介紹

串燒三爺孫

三代同堂，由爺爺、爸爸和兒子三個家庭成員組成，喜歡周圍散步。

復古人物

身穿早就不再流行的懷舊衣著，在每個主題場景都可以看見他們的蹤影。

神秘小角色

謎一樣的生物，名字不詳，最愛躲在沒有人發現的角落。

遊戲玩法

① 請按照每一個主題場景提供的問題和提示，把適當的物品找出來。

② 當你找到所有物品後，請翻到下一頁，認識與這些物品相關的歷史或知識。

③ 請重新翻到主題場景的頁面，找出隱藏在角落裏的串燒三爺孫和復古人物。

④ 那三隻神秘小角色不知道躲在哪一個主題場景裏，請發揮你的觀察力，把他們找出來吧！

各位小朋友，一起眨眨眼睛，抖擻精神，準備穿梭各個懷舊主題場景，盡情挑戰你的眼力和腦力吧！

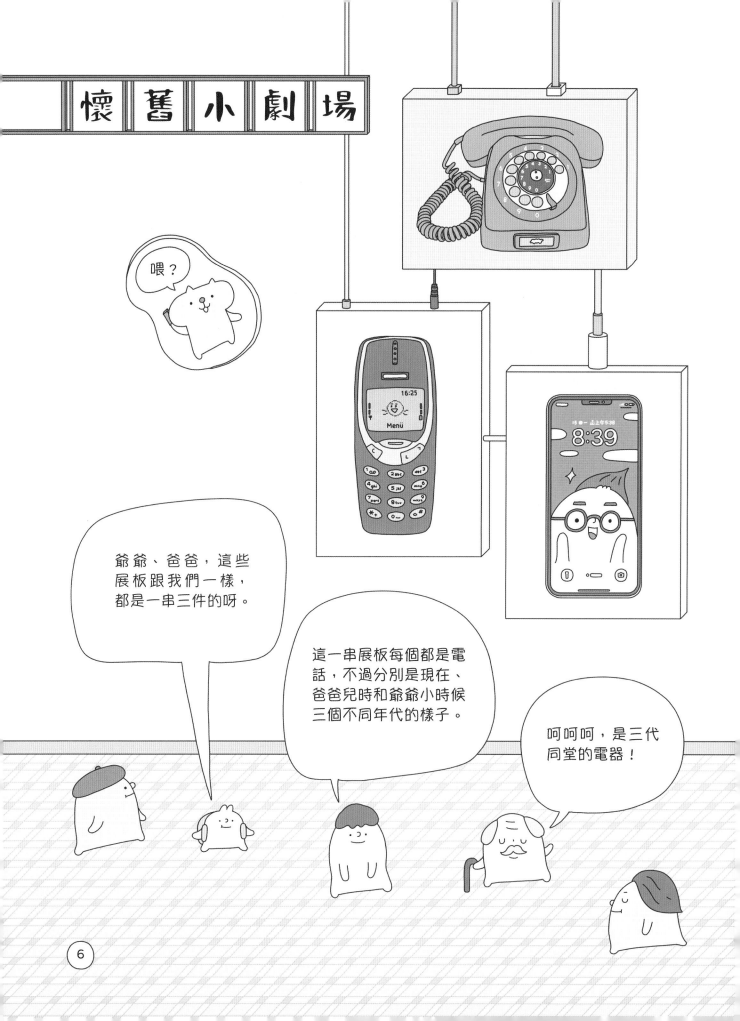

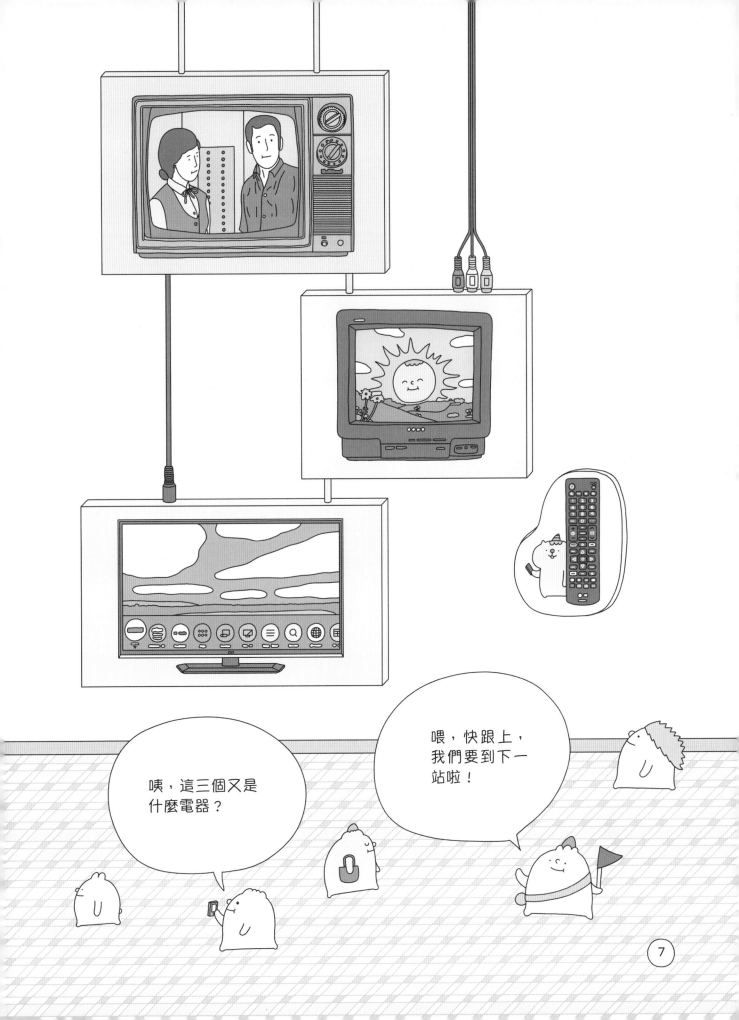

古代產業

名　　　稱：小小漁港
時　　　期：古代至清朝後期
人　　　口：★☆☆☆☆
經濟指數：★★☆☆☆
代表事物：香木樹、珍珠、海鹽

如果有人到古代的香港旅行，他們一定會買三種特產做手信：名叫「莞香」的香木樹、名貴的海中珍珠和海鹽。

轉口貿易

名　　　稱：轉口貿易港
時　　　期：1841 至 1950 年
人　　　口：★★☆☆☆
經濟指數：★★★☆☆
代表事物：維多利亞港

在 1950 年之前，不少人喜歡乘坐着大客輪，從世界各地來到香港旅遊或進行貿易。

這條是時光隧道，記載着香港經濟發展的各個形態。

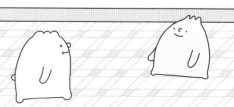

工業發展

名　　稱：工業化城市
時　　期：1950 至 1980 年
人　　口：★★★★☆
經濟指數：★★★★☆
代表事物：工廠

從上世紀 50 年代起，香港的製造業便發展得十分順利，有不少本地工廠製作塑膠花、紡織品和電子產品。

金融服務

名　　稱：國際金融中心
時　　期：1980 年後
人　　口：★★★★★
經濟指數：★★★★★
代表事物：高樓大廈

到了上世紀 80 年代，香港大部分工廠都搬到中國內地，於是香港開始發展其他行業，例如金融業和旅遊業。

特殊的時光

名　　稱：不變的風景
時　　期：一直以來
人　　口：／
經濟指數：／
代表事物：獅子山

雖然有些事物不斷在變，但似乎有一些不變的風景，例如屹立不倒的獅子山，還有人們不屈不撓的精神，以及人與人之間願意互相幫忙的心情。

歷史建築

香港有不少昔日的建築物，都已經成為了古蹟，還埋藏在密密麻麻的高樓大廈之間，使這個繁榮的城市依然有着古老的味道。各位小朋友，你知道圖中哪些舊建築已經翻新，搖身一變成為有其他用途的歷史建築嗎？請找一找。（答案共有 5 個）

10

香港是一個結合了各種文化的城市，就連歷史建築也帶有不同地方的色彩，好像中式民宅和西式教堂。在這些歷史建築當中，有些仍然在使用，有些早已變成廢墟；有的經過修復後再次開放，重新服務大眾。

還在使用的建築物

王屋村民宅

（約建於 1911 年）
位於沙田的舊王屋村內，該屋村在 200 多年前建立，現存的民宅則是後來才加建的。

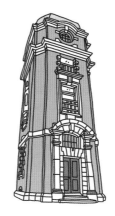

大包米訊號塔

（建於 1907 年）
大包米是訊號山的花名，因為這座山的外形像裝滿的米袋。山上的訊號塔以前除了報時外，還會在颱風天懸掛熱帶氣旋警告訊號。

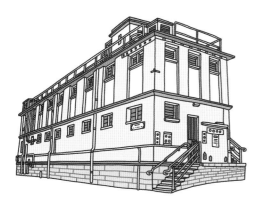

第二街公共浴室

（建於 1904 年）
位於西營盤第二街，是當時為了對抗鼠疫爆發，期望改善環境衛生而設。

鐘樓

（建於 1915 年）
屹立於尖沙咀海旁的鐘樓，原是舊尖沙咀火車站的一部分，名為前九廣鐵路鐘樓。

聚星樓

（建於約 600 年前）
香港現存唯一的古塔，本來是新界原居民五大家之一——鄧氏家族的風水塔。

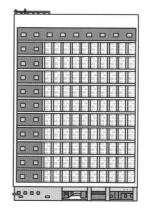

香港大會堂

（建於 1962 年）
位於中環愛丁堡廣場，是香港第一座公共文娛中心。

已荒廢的建築物

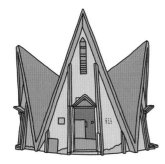

皇后山軍營印度廟

（建於 1960 年代）
由駐守皇后山軍營的尼泊爾踞喀兵建造，他們撤走後，軍營便用作警察後勤基地，印度廟便從此荒廢。

娛苑

（建於 1927 年）
位於元朗的英式大宅，雖然已關閉多年，但經常有電影在這裏拍攝。

已被活化成其他用途的建築物

這些都是在第 10 至 11 頁裏找到的歷史建築呢！

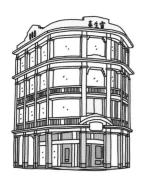

雷生春

（建於 1931 年）
帶有古典意大利建築特色的唐樓，名字源於大門前的一副對聯，在 2012 年活化成中醫診所。

大館

（建於 1925 年）
曾經是香港警察總部和中區警署，現在連同前域多利監獄和前中央裁判司署一同活化成古蹟及藝術館。

聯和市場

（建於 1951 年）
戰後新界北區的第一個墟市，於 2002 年停用，並在 2018 年開始進行活化，成為聯和趁墟。

美荷樓

（建於 1954 年）
香港最早期的「H」形 6 層徙置大廈，在屋邨重建時保留下來，改建為美荷樓青年旅舍及美荷樓生活館。

大澳文物酒店

（建於 1902 年）
本來是大澳警署，曾在 1961 年時增建宿舍，在 1996 年關閉，後來改建成酒店。

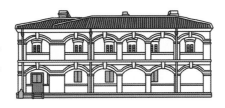

老 店

早期的香港發展蓬勃，商店林立，而昔日那些商店有的早已結業，有的變成了百年老店。各位小朋友，你知道圖中哪些商店在以前是十分興旺的嗎？請找一找。（答案共有 6 個）

裕克唥
室內裝飾工

袋膠行峰奇

群六時裝

廚刀磨樂
刀網鑊鏟

光鏡
鏡配眼驗

有限公司 金五功成一

皮草有限公司

舊課本書店

14

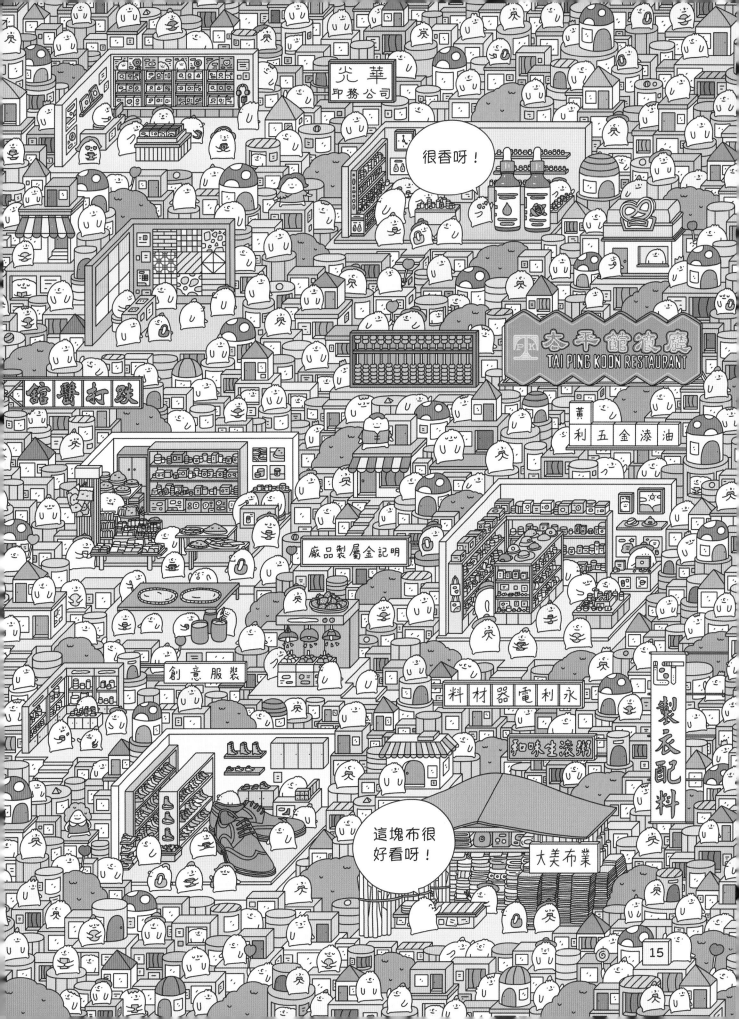

你能找到第 14 至 15 頁的老店嗎？
讓我來介紹一下吧！

布藝市場

布匹不但可以用來做衣服、被單等生活用品，還能縫補損壞的衣物。以前在深水埗布藝市場裏聚集了很多布販，能找到各種各樣的布匹。

上海理髮店

上海理髮師父開設的老店，服務有洗頭、剪髮、剃鬚、採耳等，一應俱全。

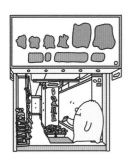

皮鞋店

以前的皮鞋店除了賣鞋外，還會為人補鞋和擦鞋。

圖章店

這裏賣的圖章，是電腦尚未在辦公室普及時用於鑑定或簽署的工具。

蝦醬廠

蝦醬是一種以發酵後的蝦製成的調味料，臭中帶香，味道很重。

蒸籠店

以竹片製作點心蒸籠的老店，在茶樓盛行的年代到處都見到它的身影。

如果在街上看到老店的話，可以把它們繪畫下來啊！

老店設計特色

那些古色古香的老店裏，藏着許多充滿特色的設計。只要細心留意，
就能發現這些漂亮的細節！

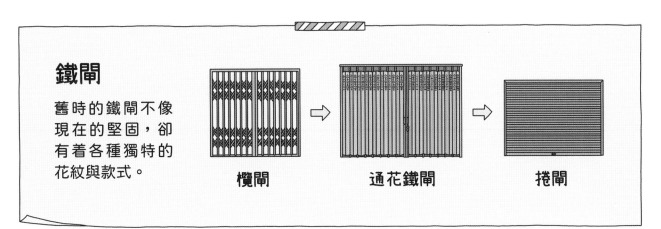

鐵閘

舊時的鐵閘不像
現在的堅固，卻
有着各種獨特的
花紋與款式。

欖閘　　　通花鐵閘　　　捲閘

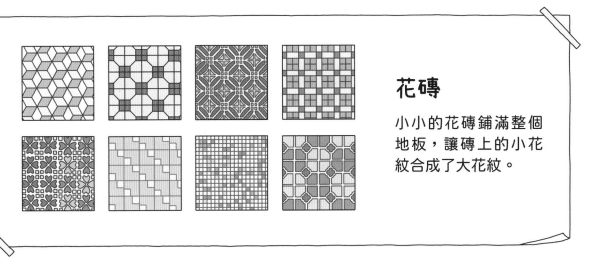

花磚

小小的花磚鋪滿整個
地板，讓磚上的小花
紋合成了大花紋。

燈罩

讓光線集中的燈罩，
有時能令燈光變成不
同顏色。

找找看

第 14 至 15 頁隱藏了一些
老店的特色設計，請找出
鐵閘、花磚和燈罩吧！

日常用品

人們從前使用的東西，可以幫助大家了解當時的生活。各位小朋友，你知道圖中哪些日常用品有悠久的歷史，是祖父母年輕時常用的嗎？請找一找。（答案共有 10 個）

好好味呀！

18

你能找到第 18 至 19 頁的日常用品嗎？快來這裏認識一下，然後找找你家還有沒有這些東西吧！

舊式暖水壺

有各種花紋的舊式暖水壺，更有「水壺醫生」專門負責修理它們。

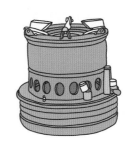

火水爐

用火水做燃料的煮食爐，溫度很高，所以也很危險。

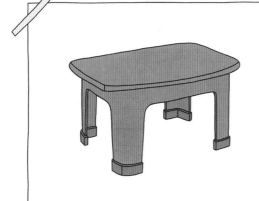

膠櫈仔

矮小又輕便的膠櫈，不過不太舒服，而且容易坐壞。

紅白藍膠袋

可以裝很多很多東西，在行李箱未普及的那段日子，是外遊時裝行李的好幫手。

雞毛掃

本來是用於清理灰塵，但當年的家長更喜歡用來教訓不聽話的小孩。

竹枕頭

在沒有風扇及冷氣的年代，就靠它來讓人睡一個涼爽的覺。

大葵扇

用葵葉製成的扇子，是炎熱的夏天不可或缺的寶物。

煤氣罐

又大又笨重的罐子，裝滿了用作燃料的煤氣，用來煮飯和沖熱水澡。

雞公碗

印有雞公花紋的碗，在以前的電影能常常見到它的身影。

痰罐

雖然名叫痰罐，但多數都是給小孩子用來大小便。好臭！

為了讓人們的生活更方便，科技日新月異。從前的電子產品即使現在還有人使用，外表也可能大不相同。你能辨認出第 22 至 23 頁的電子產品嗎？一起來看看吧。

電飯煲

讓煮飯變得更方便。

原子粒收音機

透過轉換電子訊號來運作的無線收音機，用來收聽電台節目。

舊式電視機

又厚又笨重的舊式電視，不但熒幕很小，還沒有遙控器，無法偷懶啊！

電筒

裝上電池就能發光，在供電不穩定以致經常停電的年代很有用。

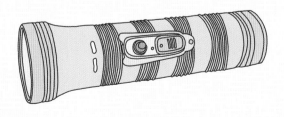

菲林相機

每張菲林只能拍一張照片，而一卷常見的菲林只有三四十張，很珍貴。

通訊工具

舊式電話　　大哥大　　傳呼機

早年不是家家戶戶都有電話，如要打電話，就要到別人家或商店去借用。而最初的手提電話不但大，還很貴，所以有「大哥大」這花名。另外還有可以傳送文字的傳呼機，但每則留言都要收費。

桌上電腦

有着比主機還要大的電腦熒幕，以及藏有一顆小滾珠的舊式滑鼠，要經常拆出來清潔，否則會變得不靈敏。

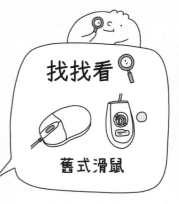

找找看

舊式滑鼠

音響用品

黑膠唱片機　　隨身聽

雖然黑膠碟很大一片，但音質很好，所以還有很多人喜歡收藏。隨身聽雖然能讓人隨時隨地聽音樂，但錄音帶卻很容易損壞。

文儀用品

每一代學生都需要使用文具來學習，不過祖父母小時候沒那麼多文具種類，直到你爸媽讀書時才變多了。各位小朋友，你知道爸媽的書包裏藏着哪些特別的文儀用品嗎？請在圖中找一找。（答案共有9個）

請問你可不可以幫我寫一張？

你能找到第 26 至 27 頁的懷舊文具嗎？
就讓我來介紹吧！

鉛筆刨

有着不同形狀及性能的鉛筆刨，有的一不小心就會刨斷鉛芯。

擦膠

鉛筆的好伙伴，能將寫錯的鉛筆字擦得一乾二淨。

ABC 擦膠

砂膠

香味擦膠

電動擦膠

九因歌單行簿

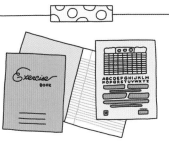

經常用作功課簿，是在做乘數功課時的好幫手。

塑膠學生書喼

不太堅固，但很帥氣，帶着它上學都變得像上班。

機關筆盒

父母一輩的夢幻筆盒，多功能又多間隔，是文具的秘密基地。

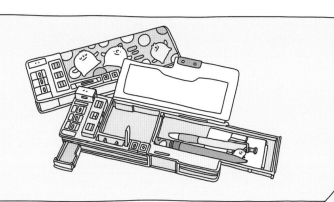

毛筆套裝

包含墨汁、墨盒、毛筆及字帖，練完書法後到處都是黑黑的墨漬。

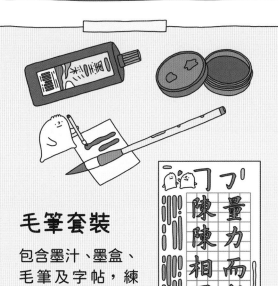

塗改液

能將用原子筆寫錯的字塗成白色，等到它乾透就能在上面寫字了。若塗改液太濃稠，記得加入稀釋劑。

免削鉛筆

寫鈍了就把鉛芯拔出來放到最後，能節省刨鉛筆的時間，但容易跌壞。

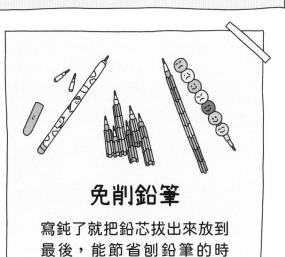

紀念冊

臨近畢業時與同學交換寫，能每頁獨立取出，日後會成為充滿回憶的寶物。

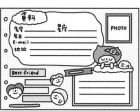

加油！

彈啊！

遊樂設施

下課後，孩子們總愛在公園裏流連，三五成群在一起玩耍。各位小朋友，你知道舊式的公園裏有哪些遊樂設施嗎？請在圖中找一找。（答案共有 7 個）

早期的遊樂設施大都是用金屬、石頭製成，跟現在的塑膠製觸感完全不同。你能在第 30 至 31 頁中找到它們嗎？

氹氹轉

一個可以讓小朋友坐上去的大型轉盤，轉得太快會頭暈啊！

搖搖馬

能騎上去搖來搖去，像騎馬一樣，好不威風。

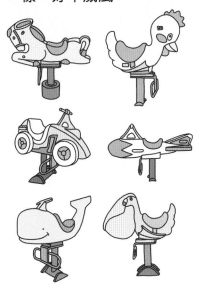

秋千

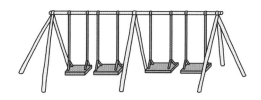

由一個支架、兩條鏈加一塊板組成，坐在上面盪呀盪，會盪出一飛沖天的感覺。

搖搖板

兩邊各坐一個小朋友，互相將對方搖起來。

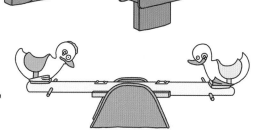

舊式鐵滑梯

爬上樓梯後滑下去，滑的速度很快。但觸感很受天氣影響，冬天冷得像冰，夏天又像鐵板燒。

攀爬架

各式各樣的攀爬架，爬到頂端能看到不一樣的風景，但很考體力。

有很多不同造型的攀爬架呢！

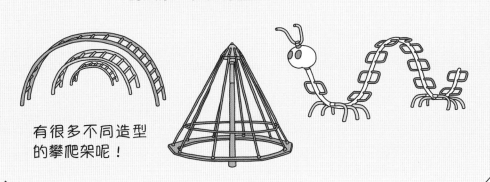

跳飛機

印在地上的格子，每格都有不同數字，每個地方的小朋友都有自己的玩法。

我喜歡順着數字跳！

小知識

香港遊樂場歷史

早在 1929 年，香港已經興建了第一批遊樂場，讓當時只能在街上流連的小朋友有了更適合玩樂的地方。

童年遊戲

如果無法到公園遊玩,那就一起玩遊戲!各位小朋友,你知道父母小時候會跟朋友玩什麼遊戲嗎?請在圖中找一找。(答案共有 14 個)

我的腳不夠長呢!

毛巾可以給誰呢?

加油!

每個時代都有不同的童年遊戲，經過小朋友們一代傳一代，有的直到現在還存在着，有的已演變出其他玩法。第 34 至 35 頁裏也有你和好友一起玩過的遊戲嗎？

紙上遊戲

一張紙一枝筆，有時運用一些摺紙技巧，再加上一個朋友，就能變出各種各樣的紙上遊戲。

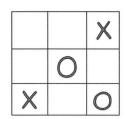

過三關

看看誰能先把三個相同的符號連成一線。

東南西北

在紙上寫上不同指令，然後按照指示執行指令。

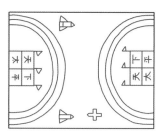

天下太平

以包剪揼決定誰來進攻的戰爭遊戲。

試一試

請找一位玩過這些紙上遊戲的親友，與你一起玩一次！

包剪揼小遊戲

包剪揼三個手勢擁有無限可能，再加上不同創意，形成不同的小遊戲。

基本版

包贏揼、揼贏剪、剪贏包，是運氣與心理的比拼。

猜樓梯

猜贏的可以上一級樓梯，看誰先登上頂層吧！

一字馬

兩人腳尖碰腳尖，猜輸的要以同一隻腳不斷向後踏步。

試一試

請向一位親友挑戰各款包剪揼小遊戲，看看誰勝誰負！

棋類遊戲

利用棋子和棋盤進行的遊戲，不論是哪款棋，都相當考驗智慧。

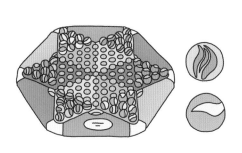

波子棋

鬥快把所有波子運向對角。

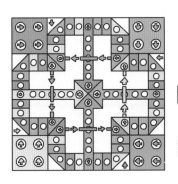

飛行棋

按擲骰的點數移動棋子，並把所有棋子移動到終點。

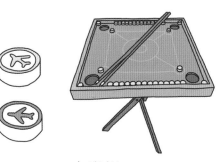

康樂棋

利用木杆把棋子撞進棋盤四個角落的洞內。但只能在特定的地點玩，例如社區中心、度假營等。

集體遊戲

一大班小朋友聚在一起玩的各種遊戲，有的比力量，有的比速度，有的比技巧，有的比反應。人愈多，快樂愈多。

拔河

爭櫈仔

踢毽

一二三紅綠燈

拋毛巾

4號！

數字球

找找看

第 34 至 35 頁裏有一些集體遊戲需要使用特別道具，請在圖中找出來，並說說它的用法吧。

玩具

當我們逛玩具店時，總會看見很多會動又會發聲的電動玩具。各位小朋友，你知道還未有電動玩具時，小朋友會玩什麼玩具嗎？請在圖中找一找。（答案共有 7 個）

這個很難玩啊！

媽咪！我要這個！

香港過去曾經歷物質條件缺乏的年代，只有富裕家庭的孩子才能買玩具，其他小朋友平時只能玩一些簡單又便宜的小玩意。到了後來，玩具業發展愈來愈蓬勃，除了在第 38 至 39 頁中找到的玩具外，還出現了各種有趣的玩具，現在就來仔細看看吧。

木製玩具

在塑膠技術還未普及時，玩具大都是由木匠用木塊雕琢出來，雖然樣子平實卻很堅固。

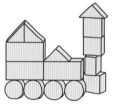

積木

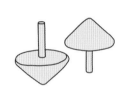

陀螺

丫叉

公仔紙

變裝紙公仔

紙品玩意

紙品亦是舊時玩具常見的材質，小小紙片能展現不同玩法，其中和遊戲卡很像的公仔紙，竟是以力量來決勝負。

鐵皮玩具

用薄薄的鐵皮製作成各種玩具，其中不少還帶有機械機關及電動功能。

上鏈鐵皮青蛙

鐵皮火車

膠製玩具

以前的塑膠玩具雖然不太精緻，卻活用了塑膠的特性，製作成不易傷及兒童，還可扭曲變形的玩具。

西瓜波

小黃鴨

膠劍仔

椰菜娃娃

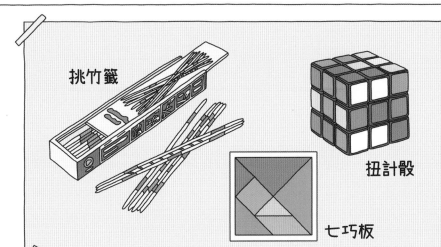

挑竹籤

扭計骰

七巧板

益智玩具

看似簡單，卻非常考驗腦筋的玩具，能訓練小朋友的思考、邏輯、手眼協調等能力。

模型玩具

有着又多又複雜的配件，以前的模型玩具雖然還得用上膠水才能拼合，但砌出來的玩意很帥氣。

模型車

高達模型

快問問爸媽小時候有沒有玩過這些玩具，請他們分享對玩具的回憶吧！

41

零食

在學校的小息時，一定要吃點零食才能撐下去。你知道從前的小朋友喜歡吃什麼零食嗎？請在圖中找一找。（答案共有 15 個）

童年時，每次走進「士多」裏，總會發現各種好吃又好玩的零食，令人愛不釋手。第 42 至 43 頁裏找到的零食，也有讓你食指大動嗎？

花占餅

水泡餅

餅乾

用麵粉烘焙而成，大都又乾又脆，而且硬繃繃的，甜甜鹹鹹什麼口味都有。

涼果

將不同的瓜果醃製而成的小吃，大都是酸酸甜甜又帶點鹹，很開胃。

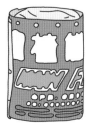

山楂餅

金梅片

印水紙香口膠

二寶果汁糖

糖果

擁有各種形狀、味道和口感，有軟的、硬的、流心的，還有橡皮似的。雖然甜甜的很好吃，但吃多了會蛀牙。

戒指糖

漢堡包糖

珍寶珠

可樂糖

出奇蛋　　　　　眼鏡朱古力

朱古力

利用可可豆發酵製成的甜品，會加上糖、牛奶或其他調味料，製成各款口味的朱古力。什麼都不加入的話，吃起來是苦苦的，但也有人喜歡吃。

香脆零食

一般以穀物、馬鈴薯或豆為原料，通過油炸或烘焙變得香脆可口。

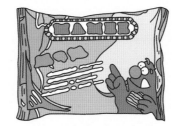

芝士圈　　　　　媽咪麵　　　　　熱浪薯片

小知識

「士多」來自 Store 這個英文單詞，指小型商店。部分舊式「士多」又叫作辦館，主要售賣零食、飲品、雪糕，有的還會兼賣報紙、玩具等。

鄧鄧橙燈燈
燈燈橙橙……♫♪

街頭小食

香港的街頭藏着很多美食，走在街上也能隨時大飽口福。你知道從前的小朋友有什麼街頭小食可以吃嗎？請在圖中找一找。（答案共有 11 個）

山水豆品店

很香啊！

47

早在 19 世紀末，香港已有小販用改裝過的木頭車販賣着各種小食，直到 20 世紀 70 年代，政府因為環境衛生、社區規劃等原因，開始限制流動小販，令它們漸漸由街頭走入店舖。

熟食小販

小食店

你能找到第 46 至 47 頁的街頭小食嗎？
其實現在還能在香港各處吃到這些食物啊！

魚肉燒賣

黃黃的麵皮包着魚肉餡，配上甜甜的豉油來吃。

咖喱魚蛋

香濃咖喱汁裹在彈牙的魚蛋上，是香港街頭小食的代表。

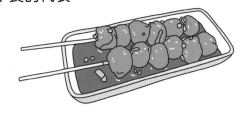

糖蔥餅

糖蔥是指用糖拉出像蔥一般空心的長條形，既不是綠色，也沒有加入蔥。

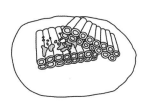

麥芽餅

用餅乾夾住麥芽糖而成的小食，香甜卻黏手又黏牙。

腸粉

雪白的腸粉，淋上甜醬、辣醬、麻醬和豉油，是早餐的首選。

炒栗子

用粗砂糖和黑砂粒炒的栗子，在冬日街上飄蕩出香氣和暖意。

豆腐花

豆漿凝固形成的啫喱狀豆腐，以前大都是加黃糖吃，現在有人用糖漿取代。

砵仔糕

將黃糖或白糖加上粘米粉等材料混和，再放進小砵內蒸熟的傳統糕點。有啡色和白色兩種口味，有的還會加紅豆。

格仔餅

用格仔狀的鐵模烘熟，再加上糖、煉奶、花生醬或其他材料一起吃。

雞蛋仔

用佈滿圓形的鐵模烘熟的小食，外面口感香脆，裏面卻像蛋糕一樣軟綿綿。

雪糕車

四處賣雪糕的流動雪糕車，神出鬼沒，不知何時何地會突然碰上。營業時會播放音樂，讓人遠遠就知道它在哪裏。

飲品

每個年代的小朋友，都喜愛在夏天喝一杯冰的飲品，冬天來一杯冒着煙的熱飲。各位小朋友，你知道以前人們會喝什麼嗎？請在圖中找一找香港的經典飲品。（答案共有 13 個）

香港曾經有過很多充滿特色的樽裝、罐裝或紙包飲品，有的現在還能看到它們擺放在貨架上或雪櫃裏，只是換上了新裝束。而在第 50 至 51 頁裏找到的懷舊飲品，就是它們原來的面貌！

汽水

注入了二氧化碳的飲品，每一口都充滿汽泡，早在一百多年前已發明，直到現在仍很受歡迎。

哥喇　　　白檸　　　沙示　　　綠寶橙汁汽水　維他汽水

其他飲品

從果汁、果茶到各種奶類飲品應有盡有，但以前的果汁飲品大都沒用上鮮果汁，有的甚至沒有果汁成分。

     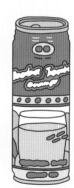

利賓納　維他朱古力奶　陽光檸檬茶　益力多　維他奶　粒粒橙

冰室飲品

冰室是類似茶餐廳的食肆，但只售賣飲品和小食。在冷氣機和雪櫃尚未普及的年代，這裏提供了各種冷飲和糕點，是人們在夏天消暑的好去處。有的冰室飲品至今仍然流行，有的偶爾還能喝到，有的已經無法再品嘗了。

黑牛

可樂上加上朱古力味雪糕球。

紅豆冰

紅豆、淡奶加上冰，是冷卻了的紅豆沙。

滾水蛋

在熱水中加生雞蛋再拌勻。

奶茶

用淡奶而非牛奶沖製的港式奶茶。

牛肉茶

用濃濃的牛肉汁加熱水沖成。

 小 知 識

茶餐廳的店員為了加快下單速度，通常會用簡單的術語代替複雜的寫法。這些術語看上去奇怪又有趣呢！

想要什麼呀？

雪櫃	樽裝可樂	飛沙走奶	不要加糖及奶
孖T	兩杯奶茶	走甜 / 田	不要加糖
少甜 / 田	不要加太多糖	走冰 / 雪	凍飲不要加冰
爆冰 / 雪	加冰	啡 / 茶走	指咖啡、奶茶不加糖和奶，改用煉奶

香港的街道上設置了很多設施，你平時留意到多少呢？
在第 54 至 55 頁裏找到的設施，大都在很早就存在着，
不過現在的外表截然不同，而功能則不變。

街道路牌

用以分清街道名的路牌，原來已經歷過幾代的更新了。

SHING WONG ST 城皇街	PEEL STREET 卑利街	Apliu Street 鴨寮街	Hip Wo Street 55·91 協和街 93·197
T 字形街牌	第一代長方形街牌	第二代長方形街牌	現代街牌

垃圾桶

垃圾桶原來也換過好幾代，除了形狀不一，還由最初不顯眼的顏色，轉變成鮮豔的橙色。

60 年代　　90 年代　　現代

舊式電話亭　　　　現代電話亭

電話亭

在手提電話未流行的時候，電話亭是非常重要的通訊設施。

郵筒

用來收集人們寄的信，明明大都是方方正正的箱，卻叫做筒，這是因為最初的郵筒是圓筒形的。

舊款郵筒　　　　　現代郵筒

安全島標柱

用來提示司機安全島所在的標柱，最新款式已由方正的立體燈箱變成扁扁平平的樣子。

第一代　　第二代　　　第三代

煤氣街燈　球形街燈　行車道或行人路街燈

街燈

讓晚上的道路不再漆黑一片的街燈，即使是現在仍有很多不同形態。

行人過路發聲裝置

會根據交通燈狀態發出不同聲響的裝置，能協助視力不便的行人過路。

俗稱「黑盒」　　新式裝置
的舊式裝置

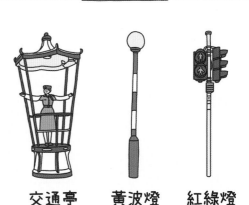

交通亭　　黃波燈　　紅綠燈

交通燈

令交通變順暢及減少意外發生的各式交通燈，例如紅綠燈、斑馬線的黃波燈，以前還有交通警站崗的交通亭。

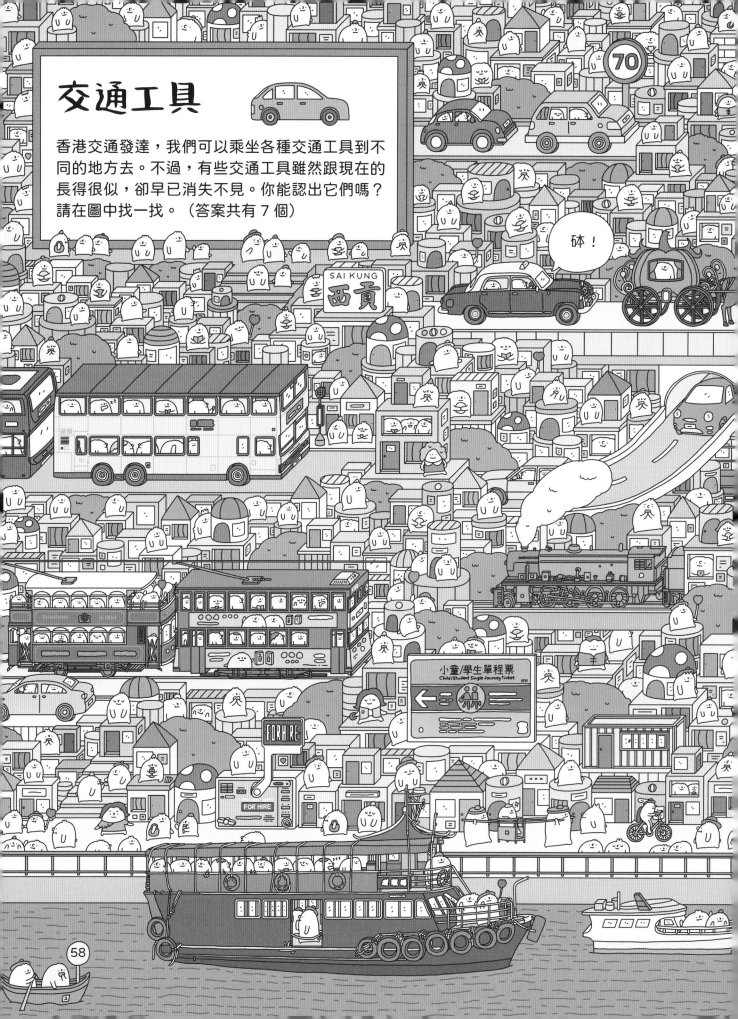

交通工具

香港交通發達，我們可以乘坐各種交通工具到不同的地方去。不過，有些交通工具雖然跟現在的長得很似，卻早已消失不見。你能認出它們嗎？請在圖中找一找。（答案共有 7 個）

交通工具能將人和物品輕易快捷地運送到遠處，是城市發展必不可少的一環。在第 58 至 59 頁中，有着香港這些年來出現過的海陸交通工具，當中有多少是你曾乘坐過的呢？

人力交通工具

在汽車及鐵路都還未普及之際，人力就是最方便的交通模式。

山兜　　　　　　　人力車

小 知 識

人們到達大澳後，會轉乘「山兜」登山。這種交通工具是在竹竿上繫着一張籐椅，由兩人一前一後抬着移動。

鐵路交通

鐵路系統在兩個世紀前已經存在，不單快速，還能一次過運送大量人和物品。

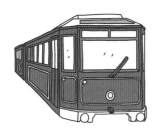

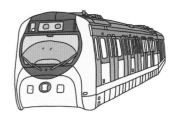

第五代山頂纜車（已退役）　　　電車　　　　港鐵近畿川崎列車

巴士

巴士可說是香港最普遍的交通工具，我們天天見的雙層巴士其實在世界各地並不常見。過去曾有巴士沒安裝空調，夏天時總是熱得乘客大汗淋漓，因此又名「熱狗巴士」。

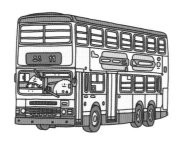

單層巴士　　　　　　雙層巴士　　　　　　空調巴士

小巴

小巴即是小型巴士，最初是作為鐵路及巴士的接駁工具，所以路程一般比較短。早期的小巴只有 14 個座位，現在最多可載客 19 人。

14 座位紅色公共小巴

19 座位綠色專線小巴

的士

名稱來自英文單詞 Taxi，是馬路上最快捷的公共交通工具，共有三種顏色，分別在不同的區域行走。

早期市區的士

現代大嶼山的士

新界特大車廂的士

渡海交通工具

由於香港三面環海，需要水上的交通工具來接載乘客，因此水路也是十分重要的交通。

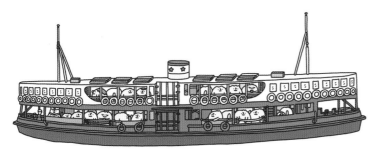

渡海小輪

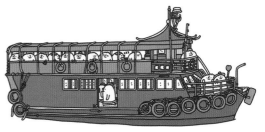

珊瑚海渡輪

遊戲答案

請留意紅色部分是題目要求找的懷舊事物，藍色部分是串燒三爺孫及復古人物，綠色部分是神秘小角色，紫色部分則是「找找看」欄目的物品。你能在圖中找到正確答案嗎？

歷史建築（P.10 - 13）

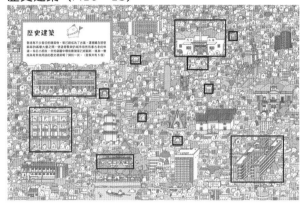

老店（P.14 - 17）

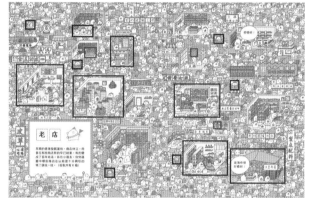

日常用品（P.18 - 21）

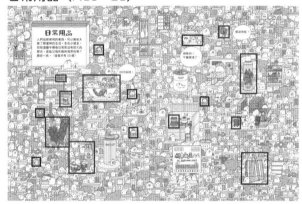

電子用品（P.22 - 25）

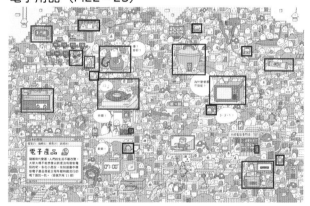

文儀用品（P.26 - 29）

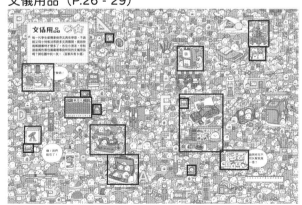

遊樂設施（P.30 - 33）

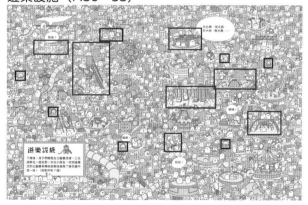

童年遊戲（P.34 - 37）

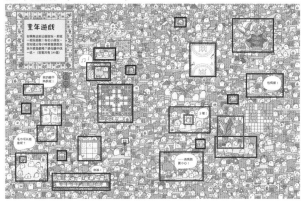

玩具（P.38 - 41）

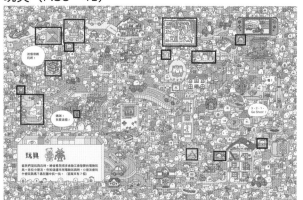

零食（P.42 - 45）

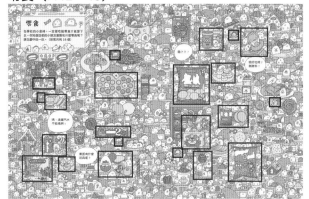

街頭小食（P.46 - 49）

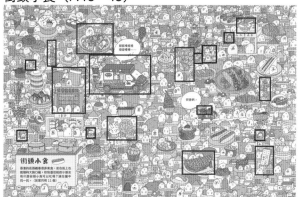

飲品（P.50 - 53）

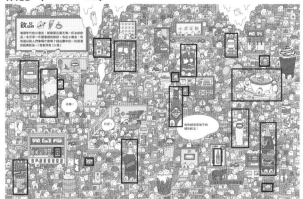

街道設施（P.54 - 57）

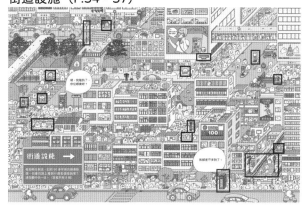

交通工具（P.58 - 61）

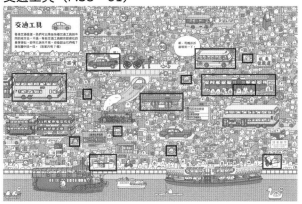

神秘小角色真的好難找，我找了許多遍才找到呢！

專注力挑戰遊戲書！

懷舊香港找找看

編　　繪	Grace Kam
撰　　文	Zeny Lam
責 任 編 輯	林沛暘
協　　力	蟹
美 術 設 計	GK Doodle Studio

出　　版	明窗出版社
發　　行	明報出版社有限公司
	香港柴灣嘉業街 18 號
	明報工業中心 A 座 15 樓
電　　話	2595 3215
傳　　眞	2898 2646
網　　址	http://books.mingpao.com/
電 子 郵 箱	mpp@mingpao.com
版　　次	二〇二三年十二月初版
	二〇二四年六月第二版
I S B N	978-988-8828-77-7
承　　印	美雅印刷製本有限公司

這本書裏的「現代物品」有天也會變成古老的東西吧！